LA PROMENADE du Cours.

A PARIS,

M. DC. XXX.

LA PROMENADE du Cours.

CES Carosses dont la rencontre
Contente si fort nos esprits,
Tous ces beaux obiects que Paris
Meine au Cours pour en faire montre,
Tirsis est-ce pas vn plaisir
Qui merite que ton loisir
Luy donne vne heure en la iournee?
Comme l'Hyuer meine au Printemps
Le trauail de la matinee
Nous conuie à ce passe-temps.

Le Cours n'est pas chose nouuelle
Puisque que tout court en l'Vniuers
Et que ses mouuemens diuers
En rendent la face plus belle,
Ne voyons nous pas mesme vn Cours
Au Ciel, aux Planettes, aux iours?
Les eaux courent dessus la terre,
Les vents courent parmy les airs,
Voit-on pas rouler le Tonnerre
Apres le signal des esclairs?

Entrons dans ce palais de flore
Où son soin entretient des fleurs
Auec de plus viues couleurs
Que les lumieres de l'Aurore:
On diroit à voir l'ornement
De ce pompeux ameublement
Que la terre toute orgueilleuse
Vueille combattre auec les Cieux
En cette saison amoureuse
A qui se parera le mieux.

5

Ce champ de Tulipes diuerses
Retire l'ame du soucy
Et plusieurs viennent perdre icy
La memoire de leurs trauerses,
La nature en ces beaux effects
Pour nous rendre plus satisfaits,
Semble auoir vsé d'artifice:
Mesme elle en tire de son sein
Quelquesfois plutost par caprice
Que non pas auec du dessein.

Mais ce sont subiets d'inconstance
Qui se laissent aller au temps
Cherchons des obiets plus constans
Et qui luy fassent resistance:
Toute cette confusion
N'est qu'vne vaine illusion:
Au sentiment des hommes sages
Vn esclat qui dure si peu
Vaut bien moins que ces beaux visages
Qui cachent vn cœur tout de feu.

A voir du haut de la Bastille
Tant de Carosses à la fois
Qui ne croiroit que quatre Roys
Font leur entree en ceste ville?
Le Soleil dans l'estonnement
De les voir si superbement
Fouler vne mesme carriere
Voudroit bien descendre icy bas
Auec son coche & sa lumiere
Pour y prendre außi ses esbats.

Icy les Dames plus discrettes
Communiquent à leurs Amans
Par de certains allechemens
L'effect de leurs flames secrettes:
De leurs regards, sans discourir,
Elles nous font viure & mourir,
Et cette aggreable licence
De s'entendre auec leurs appar
Est si iuste que l'innocence
Ne nous en destourneroit pas.

7

Tirſis tu ſeras idolatre
De ce bel œil qui va paſſer;
Pour moy ie crains de treſpaſſer
Deuant ceſte gorge d'albaſtre:
Cette Deeſſe a des cheueux
Qui me rauiſſent mille vœux.
Mais que cét autre obiet me touche!
Celuy-cy ſera mon vainqueur,
Mon ame eſt deſia ſur ma bouche,
N'as-tu point veu ſortir mon cœur?

Tu cognois bien cette rieuſe?
Son Roquentin n'eſt pas mal-faict:
Vrayment i'ay l'eſprit ſatisfoit
Mon humeur deuient plus ioyeuſe.
A voir cette bouche & ces yeux
Le Ciel ne ſçauroit faire mieux,
On peint ainſi les belles choſes,
Comme le Soleil & l'Amour,
Ou l'Aurore en vn lict de roſes
Quand elle accouche d'vn beau iour.

Ce resueur au fond du Carosse
Medite sur ses pensions,
Et ses plus fortes passions
Regardent la Mithre & la Crosse;
S'il voit venir vn Cardinal
C'est là le seul obiet fatal
Qui passe iusques dans son ame;
Et comme il est ambitieux
Ceste viue couleur de flame
Est la plus charmante à ses yeux.

Amy voicy venir les Reines
Auec autant de Maiestez
Que toutes les Diuinitez
Qui sortent du bois de Vincennes.
Il faut que tant d'Astres errans
Qui paroissent dessus les rangs
Deuiennent fixes à leur veuë:
Il se faut descouurir icy,
Que Cloris n'estelle venuë
Ie la verrois sans masque aussi!

Qui

Qui vit iamais vne des Graces,
Et tout ce qu'elle auoit de beau,
Dira que voicy son tableau
Que ce visage en a les traces.
Encor si ce fascheux cocher
Quand nous le pouuons approcher,
Rendoit sa course vn peu plus lente !
Que n'ay-je quelque inuention
Pour arrester ceste Athalante
Où i'ay mis mon affection?

Cette coquette à la portiere,
Fort mal instruite en son deuoir
Dans l'impatience de voir,
Regarde deuant & derriere,
On l'accuse de tous costez,
Et des collets qu'elle a gastez,
Et de la peine qu'elle donne,
Mais son esprit suiuant ses yeux
Elle est sourde, & n'entend personne
Que ses desirs trop curieux.

Qu'Aminthe sera regardee!
Mais ie n'en ay point de soucy
Pourueu qu'on n'emporte d'icy
Que sa memoire & son idee.
Pourueu qu'elle garde sa foy
Sa constance, & ses feux pour moy,
Ie me plairay dans sa victoire,
Et ceux que i'en verray mourir
Ie m'empescheray bien de Croire
Qu'ils en puissent iamais guerir.

Ce fanfaron croit que les Dames
Ne sont au Cours que pour le voir,
Et qu'on ne peut pas conceuoir
Combien il leur donne de flame.
Ce Caualier vit de credit,
Car ces iours passez il perdit
Tous ses biens dessus vne carte;
Cet autre durant tout le Cours
N'a songé qu'à la fiéure quarte,
Qui l'a quitté depuis huict iours

II

Conſidere cette mignarde,
Elle a dequoy ſe faire aymer,
Et ſes yeux me pourroient charmer
Si ce n'eſtoit qu'elle ſe farde.
En fin tous ſes attraits pipeurs
Se reduiſans en des vapeurs
Se perdront comme vne fumee,
Et ceſte merueille en beauté
N'aura plus que la renommee
De l'auoir autrefois eſté.

Ce faiſeur de vers, que l'eſtude
A rendu ſi paſle & défaict,
Eſt bien dans le Cours en effect,
Mais comme dans ſa ſolitude;
Il medite certaines loys
Qu'il meſure deſſus ſes doigts,
Et roule dans ſa fantaiſie
Quelques vieux fragmens mal appris,
Que la meilleure poëſie
Condamne aux chanſons de Paris.

Approuue-tu cette fantasque
Qui n'a point d'attraicts si puissans,
Qu'elle en puisse rauir les sens,
Et ne met pourtant point de masque?
Regarde ces petits Amours
Dessus des carreaux de velours,
Que i'ayme ces ieunes visages,
Qui dans la fleur de leur printemps
Donnent desia de beaux presages
De se faire aymer en leur temps!

Ces gens d'Estat & de Finances
Passent dedans le souuenir
Tous les moyens de paruenir
Et d'asseurer leurs esperances.
Ces cordons bleus dans leurs discours
Au milieu des plaisirs du Cours
Parlent du succez de la guerre;
Ils condamnent les factieux;
Et ces petits Dieux de la terre
Font des desseins dignes des Cieux.

13

Que ces deux mouches à la face
Et sur le beau sein de Philis
Parmy les roses & les lys
Luy donnent vne bonne grace!
Cett' autre auec tout son caquet
Fait plus de bruit qu'vn perroquet,
Ie la trouue vn peu trop folastre,
Et tous ses gestes affetez
Ressentent trop l'air du Theatre
Pour arrester mes volontez.

Ces respects, ce profond silence,
Ces deuoirs, & ces doux regards
Qu'on eslance de toutes pars
Auec vn peu de nonchalance
Ces charmes, ces enchantemens
Sont ce pas des contentemens
Qui flattent doucement vne ame
Et la font resoudre à cherir
Tous les mouuemens d'vne flame
Que la raison ne peut guerir

Cependant le iour diminuë
Luy-mesme a tantost fait son Cours,
Sans auoir donné du secours
A nostre fieure continuë:
A moins que d'aymer des prisons,
On ne doit rentrer aux maisons,
Mais chacun retourne à la sienne;
O douceurs ! plaisirs sans pareils !
Dieux ! se peut-il que la nuict vienne
Au milieu de tant de Soleils ?

www.ingramcontent.com/pod-product-compliance
Lightning Source LLC
LaVergne TN
LVHW012020170826
845678LV00004BA/1579

* 9 7 8 2 3 2 9 6 2 4 5 5 6 *